Patrick Salmen
Zwei weitere Winter

W0063979

# Zwei weitere Winter

Patrick Salmen

Erste Auflage 2017

Alle Rechte vorbehalten
Copyright 2017 by

Lektora GmbH
Karlstraße 56
33098 Paderborn
Tel.: 05251 6886809
Fax: 05251 6886815
www.lektora.de

Druck: Standartu spaustuve, Vilnius
Covermotiv: www.pexels.com
Covermontage: Olivier Kleine, olivierkleine.de
Lektorat: Lektora GmbH
Layout Inhalt: Lektora GmbH, Denise Bretz
Printed in Lithuania

ISBN: 978-3-95461-102-7

Bei den Gedichten auf den Seiten 72–90 handelt es sich um neue Fassungen von Gedichten, die bereits erschienen sind in »Distanzen« (2011) und »Das bisschen Schönheit werden wir nicht mehr los« (2013).

# Inhalt

Für Henri

»Diese Tage sind aus Schmirgelpapier, der Herbst hat es mir erzählt, als er an einem Sonntagnachmittag durch die geöffneten Fenster auf die Dielen fiel.
Diese Tage sind ein Riesenrad aus Stacheldraht, ein mutiges Wehren und ein leises Lachen, ein Regen und ein Schaudern, ein guter Moment, um still zu sein.«

(Der Winter in deinem Gesicht, Kathrin Weßling)

# Prolog

Als die Lage der Welt ihn mehr und mehr betrübte, er sie gar für vollkommen schief und entrückt hielt, da fasste Herr Winter einen Entschluss. Er schloss die Türe, machte die Fenster und Vorhänge zu und schaltete das kleine Nachtlicht an. Von diesem Tag an blieb er in seiner Wohnung. Er ließ Fernsehen und Radio aus, und auch die Zeitung verfolgte er nicht mehr. Und immer wenn ihn die Einsamkeit plagte, schrieb er auf ein Blatt Papier: »Die Welt ist schön. Ich bin ein glücklicher Mann.«

Als seine Söhne nach Wochen die Aufzeichnungen fanden, vermuteten sie, so glücklich sei wohl noch niemand zugrunde gegangen. Eine seltsame Geschichte.

# Gegen/Licht

Meine Sprache ist Gegenlicht
Der Furnierholzgeruch neuer Möbel
Meine Sprache ist eine wunderschöne Traurigkeit
Ein leerer Raum ohne Bilder, ein sattes Blau
Meine Sprache ist das kurze Einatmen
Zwischen den Sätzen

Meine Sprache ist ein Ort
Eine Haltestelle im Niemandsland
Wo der Bus nur einmal täglich anhält
Wo keine Zigarettenstummel auf dem Bürgersteig liegen
Wo nichts ist außer Feld und unendlicher Weite
Meine Sprache strahlt gegen Licht

# Winterlied

Ein Gedicht
Anstatt Hyazinthen
Drum pflanz es ein in Erde
Ein Tontopf genügt, etwas Wasser
Ein kleiner Platz auf dem Tisch, kaum Licht

Alles schweigt
Da ist ein Winter in mir
Schneebedeckt meine Sprache
Dämmrig die Stadt, Schritte gedämpft
Den Lärm der Zeit vereitelnd, wundersam leise

Ein Gedicht
Anstatt eines Kopfes
Da sind noch Lieder zu singen
Jenseits des Alles-ist-grau-die-Stadt-
Der-Himmel-und-mein-kleines-Fensterbrett

# Sie schweigen bei Tisch

Irgendwann sind die Worte fortgeblieben
Betretene Stille, den Blick
Auf das Glas gewandt
Da sitzen sie

Im Vor- oder Nebeneinander
Seitlich, schräg, abgewandt
Erzählen sie Bände
Womöglich
Sprechen sie viel
Doch schweigen bei Tisch

[Der Kellner nickt stumm
Und findet dies nicht weiter sonderbar]

Denn Schweigen, so sagt er
Sei auch eine Kunst
Die leise Form einer Gewissheit
Um ein Wir

# Kopf < Welt

Manchmal
Zieht das Gesagte
Als flüchtige Landschaft
Ganz unberührt an mir vorbei

Manchmal
Schlafe ich in eurer Sprache
Dann sind eure Augen verschlossene Fenster
Eure nimmermüden Münder Betten
Auf denen ich ruhen will

Manchmal
Stehe ich inmitten von Menschen
Doch fühle mich
An keinem Ort der Welt
Mehr allein

# Zwischenraum

Hier fehlt vielleicht
Nur ein Wort
    ein Blick
    ein stummes Zugeständnis

Im stetigen Hoffen
Auf den Fortgang des Vagen
Das Erahnen-Müssen von Ungesagtem

Wir klammern uns an diesen Ort
Und alles was bleibt
Entspricht einer Form von
Selbstgefälligkeit

Wir haben uns eingerichtet in diesem Zwischenraum
Die Dielen geschliffen, die Wände gestrichen
Da sind zwei Deckenlampen, Gardinen
Hyazinthen auf dem Fensterbrett

Gewöhnlich, sagen wir
    wohnlich, sagen die anderen

Sonst bleibt nichts zu sagen

Was fehlt, ist vielleicht nur ein Bild
Manchmal braucht es das wohl
Anbei der Versuch
Einer Skizze

# In dir eine Stadt

Du trägst ein Hochhaus in dir, wenn du aufrecht stehst
Wenn dein erhobener Kopf den Winden trotzt
Bei weit geöffneten Augen, denn da ist
Immer ein Rest von Stolz

Du trägst einen Bahnhof in dir, wenn du ausatmest
Wenn sich deine kristallklaren Atemzüge
Auf nächtliche Schienen legen
Ein Gedanke an Aufbruch

Du trägst Straßen in dir, pulsierende Venen
Arteriengeflechte, darauf schwebend
Nahezu lautlos – Autos, solange
Bis dein Herzschlagbohrer
Asphalt zertrümmert

Nur manchmal bleibt die Ahnung
Dass du der großen Stadt
Nicht gewachsen bist
Da drohe der Kopf
Dir

        n
       e
      z
     t
    a
   l
Zu  p

Was nützt der Stolz einer Stadt
Wenn der Boden doch bebt

# Niemals fort

Wir sind angekommen
Hier, wo wir schon vor Jahren
Unsere Namen mit Fingerspitzen
Auf die beschlagenen Scheiben schrieben

Wir schreiben Häuserzeilen
In Seitenstraßen, streifen entlang
Der blassgrauen Wege und Bürgersteige
Der wiederkehrenden Parolen auf den Wänden

[Melancholie und Marmelade]
Wir sind angekommen, wo wir einst
Linien aus Fußstapfen in den Schnee zeichneten
Gleise der Straßenzüge, wo wir einst Kinder waren

Vielmehr ist es eine Form von Wiedererleben
Die Gerüche, infiltrierte Erinnerungen
An diesem austauschbaren Ort

Du sagst, Heimat sei nur ein Konstrukt
Zuhause nur ein Dach über dem Kopf
Ich sage, wir sind angekommen
Womöglich waren wir
Niemals fort

# Das goldene Haus

Als würde ich eine unsichtbare Wand verschieben wollen
Stehe ich, die Arme vom Körper gestreckt
Auf einem goldenen Feld

Hier, wo mich das Randlose erstmals bedrückte
Wo es keine Zäune und Baumkronen gibt
Bei zunehmender Ausdehnung der Landschaft
Gestatten, am Lungenflügel – der Herr Pianist
Für Sie ein Lied in allegro

Als wäre das Dach über mir zu niedrig
Stehe ich, den Kopf eingezogen
Auf dem Gipfel eines Berges

Was ich vermisse:
– Atem
– ein notwendiges Gespür für Weite

Manchmal schwimme ich, mit den Armen rudernd
Durch einen Einbauschrank
Als wäre er das Meer

Ich notiere: Das alles ist seltsam

# Kopfhörer

Dein Gesicht in der Fensterscheibe
Ein seismographischer Kopf
Im Takt ratternder
Schienen

Ich lege mein Ohr an deine Schläfen
Und es ist, als höre man ein
Rauschen, dein Kopf als
Muschelschale

Dein Gesicht in der Fensterscheibe
Der Kopf ein getragenes Hemd
Zerknittert, verraucht und
Auf links gedreht

Du legst deine Ohren an meine Schläfe
Und sagst, wir sind da
Vielleicht bleiben
Wir

# Ich möchte dir sagen

Dass ich dich schon eine Weile beobachte
Nicht so, wie du denkst
Anders, eher musternd
Es klingt seltsam, wenn man das sagt

Ich möchte dir sagen
Dass ich deine Bewegungen mag
Die so bedacht wirken, sorgsam irgendwie
Die Langsamkeit deiner Hände
Die Geometrie deiner Wimpern
Und dass der Mantel dir gut steht

Ich möchte dich küssen, berühren
Schultern, Hals und Schläfen ertasten
Weil das doch gerade sehr schön wäre
Wo wir nun hier sind, irgendwo zwischen
Dort und Wer-weiß-das-schon

Ich möchte dir sagen
Dass es schön wäre, wenn du bleiben könntest
Dass ich Toast gemacht habe
Und Rührei mit Speck, da sind
Zigaretten, ein Handtuch und ein Schlüssel
Komm, bleib doch eine Weile

Ich möchte dir sagen
Dass das immer so bleiben sollte
Schaue stattdessen auf das geöffnete Fenster
Sage: Es zieht ein wenig, findest du nicht?

# Mein Herz ist eine Formel

Mein Herz ist ein Geräusch
Wie der dröhnende Bass eines Kellerklubs
Umpf
    Umpf
        Umpf

Und während wir tanzen
Legst du die Hand auf meine Brust
Und sprichst

Dein Herz ist Trumpf
    Dein Herz ist stumpf
        Dein Herz ist stumm
Dein Herz ist um
    Dein Herz ist dumm
        Dein Herz ist dumpf
Dein Herz ein Rumpf

# Der Zirkus ist in der Stadt

Gestatten, ich bin Zauderer
Immer einen Wimpernzug oder Atemaufschlag
Von dir entfernt
Meine Bewegungen sind ab-
                     gehackt

Kein Pfadfinder kann ein Feuer entfachen
Durch das Glas meiner Zeitlupe
Ich renne an gegen das Einrasten
Doch verharre im Stand

Ich bin die verpasste Gelegenheit
Das Schweigen danach
Die Zigarette davor

Gestatten, ich bin der Zauderer
Zwischen meinen Worten sind Fugen
Da sollte man zentnerweise Spachtel auftragen
Das Kaninchen fehlt, doch in meinem Hut
Ist ein Hohlraum für Sprache

Euphorie, Manege frei
Der Zauderkünstler ist in der Stadt
Ich habe einen Stab und einen [Um]hang zum Zögern

Ich kann Menschen verschwinden lassen
Manchmal schließe ich die Augen
Und sie sind fort

# Reste von Zweifeln

Dass man das so selten sagt
Wenn man an einer Bar sitzt
Und einen Menschen sieht, der einem gefällt
Du bist schön, darf ich dich küssen?

Womöglich würde er zu Boden schauen
Ganz schüchtern wäre dieser Mensch
Womöglich würde er fortgehen
Oder sagen, komm, lass uns bleiben
Und die Nacht totschlagen

Dass man das so selten sagt
Entschuldigung, du hast da etwas in deinem Gesicht
Reste von Zweifeln, wie Krümel
Am Rand deines Mundes
Darf ich mal kurz?

# Kein Ort

Wir konnten nichts ahnen
Als wir hier ankamen
An diesem Ort
Manchmal braucht es das
Eine Verschiebung
Von Raum

Gemütlich war es doch
Da war ein Dach
Da waren wir
Und uns unserer sicher
Vielleicht war das
Das Problem

Wir konnten nichts ahnen
Als wir fortgingen
Im Hadern
Doch dort im Dazwischen
Da lag unser Glück
Und schlief

Da wuchsen wir im Vagen
Und zerschlugen
Den Zweifel
Wir konnten nichts ahnen
Es war und bleibt
Ein Wagnis

# Wir

Im Gegenüber ein Abweichen
Der symmetrischen Achse
Zwischen den Blicken
8 Grad vielleicht

Im Nebeneinander eine Verzögerung
Der Schritte, ein leichter Ab-
Satz, nicht mehr als
0,2 Meter

Im Gespräch ein Schwinden
Der Adjektive, reduzierte
Sprache ohne Details
Ca. 2 Sek. / Satz

Sie waren einander fremd geworden
Doch nie genug, um zu gehen
So blieb ein Plural noch
Jahre bestehen

# Dieser Kopf steht dir prächtig

In deinen Augen liegt
Unter aufblitzenden Lidern
Ein schwermütiger Blick
Er passt hierher
    zu uns

Deine zaghafte Stimme als Untermalung
Einer Welt
      die immer ein kleines bisschen zu laut
      die immer ein kleines bisschen zu viel ist

Lediglich die Sprache deiner Stirn
Wirkt hier unpassend
Ein bisschen zu viel Was-wäre-Wenn
Ein Grübeln über die Welt
Ein Abwägen ihrer Möglichkeiten

Wenn man Sorgenfalten kürzt, bleibt Sorgfalt bestehen
Also schenke ich dir einen Hut
Er ist grün
      ein wenig zu groß
          und fällt ins Gesicht

Lass uns Schnaps auf die Schwermut trinken
Köpfe und Gläser erheben, dieses Leben
Es steht dir prächtig, ein Prosit
Auf uns

# Der gute Noah

Wann immer sie die Wirtschaft betraten
Saß Noah bereits am Tresen, er trug
Mantel und Hut – auch im Sommer
Sein Bart schütter und grau

Wenn sie am Tresen saßen, das Glas in der Hand
Suchten sie seine Nähe, ganz unbewusst
Der gute Noah, nannten sie ihn
Denn er hörte ihnen zu

Sie erzählten und schütteten ihre Sorgen aus
Und für alles hatte Noah einen Rat
Er sah auf von seiner Zeitung
Und sprach: Alles wird gut

Und wenn sie fortgingen, sich zu später Stunde
Taumelnd in den Straßen verloren
Fühlten sie sich besser
Der gute Noah, lallten sie in die Nacht

Und als sie Jahre später an seinem Grab standen
Da sprach einer von ihnen:

Er wird uns fehlen, der alte Narr
Welch trauriger Tag, so vielen konnte er helfen
Nur sein eigenes Leben
Das hat er nie recht verstanden

# Unschärfe

Ich bin glücklich, sagte er einmal
Wären meine Hände aus feuchtem Papier
Ich wäre der glücklichste Mensch, der [sich] wellt
Es interessierte niemanden

Das ist das Unglückliche am Glück
Es erscheint gewöhnlicher
Als es sein kann
Womöglich

Ich bin glücklich, sagte er zweimal
Würde ich auf den Kochplatten tanzen
Ich wäre der glücklichste Mensch auf Herden
[Das h bleibt stumm]

Da ist das grobkörnige Bild eines Ungesehenen
Nun zieht er sein ganzes Leid hinter sich her
Als Hüter seiner eigenen Traurigkeit

Jemand nimmt Notiz

# Gedanken an Beständigkeit

Manchmal
Zeichne ich einen Kreis auf den Boden
Und stelle mich hinein
Als einziger Bewohner einer rotierenden Welt

Manchmal
Schlage ich stehend Wurzeln
Deren Stränge sich tief im Erdreich verlieren

Manchmal
Fühle ich mich standhaft
Als könne nichts auf der Welt
Mich erschüttern

Doch meist
Falle
    ich
        dann
            trotzdem
                um

# Der glücklichste Mensch

Du siehst traurig aus, sagen sie
Nun lächle doch einmal
Es stünde dir gut

Doch dort auf seinen hängenden Schultern
Schlummert eine wundersame Welt
Das wissen sie nicht

Da liegt das Glück und schläft
In den Falten seiner Stirn
In den strengen Brauen
In den Mundwinkeln
In seiner Stimme

Da liegt es und scheint so bescheiden
Will sich nicht aufdrängen
Bleibt zaghaft
Und lauert

Du siehst traurig aus, sagen sie
Zum glücklichsten Mensch
Und ahnen nicht

Die Euphorie trägt er im Herzen
Nur sein Gesicht bleibt
Teilnahmslos

# Der Besucher

Den Kopf leicht abgewandt
Hüllte er sich in formloses Schweigen
Die Augen schmal, so als wären
Seine Wimpern Gardinen
Seine Lider Beton

Gleich einer mondsüchtigen Schwalbe
Schwebten grübelnde Brauen
In Richtung Gestirn

Den Kopf leicht abgewandt
Hüllte er sich in formloses Schweigen

So blieb er stets
Ein Stück
       entrückt

Und seines eigenen Lebens
Fremder Besucher

# Niemand mehr

Was einst unser Dorf war
Scheint wie ausradiert, Linie für Linie
Langsam entschwindend, zu müde für Farbe

Als hätte man
       – die Straßen wie Bettlaken ausgeschüttelt
       – Menschen und Häuser als Leichnam
         fortgetragen

Ein flüchtiger Blick auf den Restbestand

Die flackernden Leuchtbuchstaben eines Tanzlokals
Klebrige Laminatböden der Bundeskegelbahn
Der Gasthof zum Goldenen Hirschen
Getränkemarkt, das Postamt
Ein zerfallener Bahnhof

Dort im ziegelroten Haus flackert ein Licht
Da sitzt sie und wartet
Auf den Sommer

# Warten

Wachträume, Gleitflug über die Stadt
Niemand kann dich sehen im nächtlichen Schwarz
Bildausschnitte
Ein Es-war-Einmal mit strahlenden Augen

Da sind
– ein Vampir namens Rüdiger
– ein Junge, Tom Sawyer, der streicht einen Zaun
– ein Mann, Beppo, der kehrt eine Straße

Besenstrich, Atemzug

Du liegst neben mir, ganz still, fast regungslos
Mehr muss es nicht sein
Nur flüchtige Berührungen, hin und wieder
Simulierte Zufälligkeit
Nähe ist ein schönes Wort

Die Köpfe voller Flausen
In jenem Blick, in jenem Moment
Gleitflug über die Dächer der Stadt

Lieben heißt auch warten können
Ohne Ziel, ohne Aussicht
Hier an meiner kleinen Haltestelle
Auf der morschen Holzbank

Bus hält, Atemzug, Bus fährt, Atemzug

Also sage ich nichts
Zeichne dir das Bild einer Gießkanne
Sie steht vor dem Fenster
Und schweigt

# Der sanfte König

Sie nennen ihn den sanften König
Ruhend sei er, eitel und stolz
Aus seinem Haupt ragt
Aus grünem Gold
Eine Krone

Aus zähem Holz sei er
Unbeugsam, den Zeiten trotzend
Doch wenn im Herbst das Blattgold bröckelt
Liegt ihm sein eigener Glanz
Zu Füßen

Sie bekommen mich nicht fort, sagt er
Auch wenn die Landschaft
Wie ausradiert scheint, zaghaft
Verblassend entschwindet

Da seien wieder Wölfe, die brauchen ihn hier
Schatten- und Schutzsuchende
Wie einst die Hirsche
Eulen und Füchse

Sie alle sind einst fortgegangen
Doch wenn sie wiederkommen, nach Jahren
Wird er dort sein, der ewig Harrende
Irgendwer muss doch bleiben

Sie nennen ihn den sanften König
Aus seinem Haupt ragt
Aus grünem Gold
Eine Krone

# Wenn Herr Karakaş singt

Sind da Äste, die zittern an den Bäumen
Sind da Wellen, die schlagen
Und verschlucken die Erde

Dann kommen die Greise hervor und tanzen
Die beschwören die Liebe, hörst du?
Die beschwören den Boden, der da bebt unter ihnen

Dann tritt er hervor, der König
Mit gezwirbeltem Schnurrbart
Und Brauen wie rußbedeckten Weizenhalmen
Dann stimmt er ein in das Lied
Besingt die Liebe, die einst mit schlenderndem Schritt
Als Wandernde fortging

Dann sind da Augen, die flattern
Dann sind da Vögel, die flackern

Dann kommen die Kinder hervor und tanzen
Die beschwören die Liebe, hörst du?
Die beschwören den Boden, der da bebt unter ihnen

Dann sind da ein as und ein Garten
Und Stimmen, die flüstern


Wenn Herr Karakaş singt

# Wir fehlen doch nicht

Man wird die Gläser und Aschenbecher in die Küche bringen
Den Tisch abwischen und die Stühle heranrücken
Jemand wird kommen und sich setzen
Bleiben vielleicht
Für eine Stunde
Oder zwei

Man wird die Bilder und den Schreibtisch wegstellen
Ein Schreiben aufsetzen
Und die Schlüssel austauschen
Jemand wird kommen und sich setzen
Bleiben vielleicht
Für ein Jahr

Man wird die Kartons und Möbel hinaustragen
Die Gardinen abhängen und die Wände streichen
Jemand wird kommen und sich setzen
Komm, lass uns gehen, wir
Fehlen doch nicht

# Was übrig blieb

Was übrig blieb, war ein Geräusch
Das nachhallende Klirren
Eines zerbrochenen
Tonkruges

Stimmen durch ein offenes Fenster
Ebenso: ein kurzes Räuspern
Das Kühlschranksurren
Und im Radio Wetter

Übrig blieb nur ein Geräusch
Schritte im Treppenhaus
Eine knarzende Türe
Dann Stille

Ach, hätte ich mir die Ohren
Zugehalten, vielleicht, nur
Vielleicht, wärst du
Du noch hier

# Betrachtung eines Traktors

Wäre er in der Scheune geblieben
Würde der Lack jetzt nicht blättern
Das hätte man ahnen können
Sagen die Väter

Wäre er nicht auf den Feldern gewesen
Bei Nacht und bei Winter
Dann wäre alles ganz anders gekommen
Dann wäre das eine ganz und gar abweichende Geschichte

Und wenn der Regen nicht gewesen wäre
Und wenn die Kinder nicht immer
Und wenn man stets sorgsamer
Und wenn der Fabrikant
Und wenn die Vögel
Und wenn er ...

Das Abwägen theoretischer Möglichkeiten
einer neuen Achtsamkeit
Ausgelöst durch den Tod ihres Nachbarn
im Sommer 1983
Gewährte dem Traktor zwei weitere Winter

[Ein tieffliegender Bartkauz nahm Kenntnis davon]

# Zwei weitere Winter

Eigentlich hatten wir uns alles erzählt
Was es zu sagen gab
- Begehren
- Zweifel
- Fiktion

Eigentlich hatten wir uns alles erzählt
Was es zu sagen gibt
- Begehren
- Zweifel
- Erinnerung

Eigentlich hatten wir bereits Abschied genommen
In gegenseitigem Einvernehmen
Uns die Hände gereicht, als wollten wir sagen
Angenehm, es war schön, dich zu kennen

Den Hut zum Gruße lüftend sagen wir
Es gab schlechtere Zeiten
Chapeau! Wer weiß, was noch kommt

Ich würde bleiben, aber da sind doch
- Zweifel und ein offenes Fenster
- Ein Bus, der gleich kommt
- Die Gewissheit
    eigentlich hatten wir uns alles erzählt

Irgendwas hielt uns, ließ uns nicht fortgehen
Ließ uns reden wie die Erntelosen, die sagen
Zwei weitere Winter
Stehen wir auch schon noch durch
Wir werden schon sehen, was mal sein wird

[Ein Passant übt sich in vornehmem Schweigen]

# Taumel

Es ist ein langsames Aufbegehren
– Du und dein Es-war-Einmal
– Die Zukunft ist irgendwann
– Und früher war alles früher

Eine Sehnsucht nach Taumel
Komm, wir machen uns schwindelig
Lass uns drehen und drehen
Und drehen und *
*losrennen

Es gibt keine Gegenwart, hörst du?
Wer länger Luft anhalten kann
Immer einmal mehr als un-
Endlich/sichtbar

Komm, wir übermalen
Das Gedächtnis mit Wasserfarbe
Lass uns tanzen, ganz trunken vor Glück
Als stummer Prostest gegen den Fortgang der Zeit

# Und wir rauchen am Fenster

Die Augen fliehen vor dir
Deiner Nähe, deinem Atem und
Den unerträglichen Lücken zwischen den Sätzen

Denn da sind tausend Gespenster
Hinter dem längst gefallenen Vorhang
Hinter den Gardinen, unter der Bettdecke
Und irgendwo in unseren Köpfen

[Wir sind Synchronsprecher unseres eigenen Stummfilms]

Wir rauchen am Fenster
Weil wir nichts mehr zu sagen haben
Weil schon alles geschehen ist
Unter uns flimmern die nächtlichen Straßen
Als Testbild eines unterbrochenen Spielfilms

[Ausatmen, Rauchschwaden]

Wir untermalen unser eigenes Schweigen
Mit Bedeutsamkeit, verlieren uns
In Nicht-Sagbarem, wir sind die Abgewandten
Die seitlich Liegenden

Die Beine fest an die Heizung gepresst
Lauschen wir einem Abspann ohne Hintergrundmusik
Geh nun fort

[Wir sind Synchronsprecher unseres eigenen Stumpfsinns]

# Zur schönen Aussicht

Da steht jetzt eine Topfpflanze
In unserem Zimmer, die Stängel karg
Ein letztes welkes Blatt
Als Zeugnis eines vergangenen Aufbäumens
Du sagst, man hätte sich kümmern müssen

Der einfältige Bandit ist jetzt fort
Nicht weit von hier
Unter seinesgleichen Verwirrten
Den Tänzern, den Blinden, den Ahnungslosen
Den Wie-war-der-Name-doch-Gleich?

Da stünden jetzt Schnittblumen auf dem Fensterbrett
Ewig blühende Geranien, aufbegehrend
Den Zeiten trotzend
In der Pension Zur schönen Aussicht
Da hat er es schön, der Bandit
Wenn man es oft genug sagt, glaubt man es auch

Und vor dem Fenster
Kniefall des Königs mit bröckelnder Krone
Man hätte sich kümmern müssen
Leb wohl, Bandit!

# Vielmehr ein Leben

In mir keimen Knospen
In mir ist ein klarer Himmel
In mir tosen tausende Wellen

Meine Haut ist ein knittriges Hemd
Die Augen angelehnte Türen
Nur einen Spalt offen, es reicht
Um ein wenig zu taumeln

Ich stehe im Buch der Rekorde
Als der müdeste Mensch der Welt

Da ist Schlaf für Zehntausend in mir
Dieser Tag hat mich müde gemacht
Vielmehr das Leben oder
Die Welt an sich

# Aufstand der Introvertierten

Manchmal scheint mir die Welt
Zu laut geworden, nur ein bisschen
[10 Dezibel vielleicht]

Es ist nicht der Gedanke an Stille
Vielmehr die Erwägung einer Art Filter
Zur milden Dämpfung der kraftlos Baumelnden
                            taktlos Taumelnden

Manchmal scheint mir die Welt
Zu klein geworden, hier fehlt oft
Ein Stück Platz
Zwischen den am Bordstein Hinkenden
                         Portwein Trinkenden

Also stehe ich auf der Straße und brülle
Lasst uns den Kopf ~~verlieren~~
In die Wand stecken

Niemand hat mich gehört
[Bedauernswert]

# Inventur

Dies ist die Inventur meines Landes
Was es gibt:
– Blühende Landschaften
– Beton (sehr viel Beton)
– Milch, Kohle und Stahl
– Geschichte
– Deren Vergessen

Der Mensch sagt
Wenn der Tisch voll ist
Rücken wir ein Stück zusammen
Hat doch immer gepasst irgendwie
[Der Gegenmensch sagt: Ich]

Der Mensch sagt
Ich bin stolz, solange mein Land
Nur die Summe der dort Lebenden bleibt
Wo sie auch herkommen mögen
[Der Gegenmensch sagt:
Ich bin stolz auf mein Land, weil: mein]

Der Mensch sagt
Es gibt kein Wir und die Anderen
Weil je nach Zeit und Perspektive
Wir die Anderen und die Anderen die unsrigen sein könnten

Dies ist die Inventur meines Landes
Was es geben wird:
- Gegenwart
- ~~Gegen~~menschen
- Eine neue Geschichte

# Verschiebung

Es war immer nur ein kleines bisschen zu viel
Mal ein Geräusch unter tausenden
Ein Geruch, der ihn irritierte
Manchmal ein Mensch

Was folgte: kein plötzliches Entschwinden
Vielmehr eine Art marginale Verschiebung
Der Mensch als Kontinentalplatte

Nicht die Stadt war es, die ihn entrücken ließ
Vielmehr ihre topologischen Konstanten
Nicht die Welt als solche, vielmehr seine Neigung
Sich ganz in sich selbst zu verlieren

Er war immer nur ein kleines bisschen zu viel
So blieb er wie der Turm beim Schach

stets Randfigur

»Am glücklichsten sind noch immer die Möwen.«

(Moritz Neumeier)

# Pirahã

Es riecht nach Sonnenöl, nach Salz und Fisch
Sand haftet an der schwitzenden Haut, das Meer –
Wenn ich ganz tief untertauche, ist es unendlich still

Die Sprache der Pirahã, sagst du
Kennt weder Zukunft noch Vergangenheit
Kein Weißt-du-noch-Damals und Du-fehlst-hier-so-Sehr

Es riecht nach Sonnenöl, nach Salz und Fisch
Ein sanfter Druck am Trommelfell, leises Rauschen
Die Glücklichsten, sagt man, sind noch immer die Möwen

Meine Sprache scheint erschöpft
Und wir taumeln in der gleißenden Sonne
Bis uns irgendwann die tiefschwarze Nacht verschlingt

# Das Gegenteil von Addition

Betrachte es als Aufbäumen
Gegen die Gesetzte der Addition
Zwar werden wir mehr, doch nicht größer

Betrachte es als Trotz gegen die Schwerkraft
Vielleicht landen wir auf dem Boden
Ohne vorher zu fallen

Vielleicht verstehst du es bald, wenn schon ich
Es nicht vermag, doch Herz und Sprache
Scheinen erschöpft zu sein

Betrachte es als logische Konsequenz
Ich brauche dich nicht an meiner Seite
Nicht jetzt, wo ich selbst
Neben mir stehe

# Beton

Es war anfangs ein Bild
Nur der aufkeimende Gedanke
An ein mögliches Wieder-Erleben

Splitter in seinem Kopf, verblasste Agfa-Fotos
Die grobe Idee von einem Früher, nicht mehr
Als die Vorstellung einer Erinnerung

Dann, Jahre später, ist er hingefahren
Zu dem Haus auf dem Bild, er hat
Den Beton gerochen
  Dielen und Wände berührt
    und zunehmend viel Zeit an diesem Ort verbracht

Dass er dabei mehr und mehr unglücklich wurde
Merkte er leider zu spät
Bedauerlich

Im Laufe seines Lebens war er an vielen Dingen gescheitert
Der größte Fehler jedoch
  war der Versuch einer Rekonstruktion
    seiner eigenen Kindheit

# Kreuz Acht

Aussetzen, sagte sie
Als die beiden Karten spielten
Und sie ihr Blatt auf den Stapel legte

Da ging er vom Garten ins Haus
Packte seine Habseligkeiten zusammen
Verabschiedete sich höflich und verschwand

Es heißt, so sagen die Leute
Dass man ihn ein Leben lang nicht wiedergesehen hätte
Das sei letztlich auch nur eine Form von Konsequenz

# Der Mann ohne Glauben

Eines Morgens
Schrieb der Mann ohne Glauben
Auf ein Blatt Papier

Ich glaube nicht an Gott
Ich glaube nicht an Jahrmärkte
Ich glaube nicht an einen Heißluftballon
Ich glaube nicht an das Schöne
Ich glaube nicht an einen Zirkus
Ich glaube nicht an simuliertes Erleben
Ich glaube nicht an die Möglichkeit konstruierter Realität
Ich glaube nicht an einen glücklichen Clown
Ich glaube nicht an die Farbe Gelb
Ich glaube an gar nichts

Er nahm das Blatt, zerknüllte es
Warf es in den Mülleimer
Fluchte und streckte
Die Faust gen
Himmel

Er sagte: Ab jetzt bin ich ein gläubiger Mann
Fortan führte er ein theoretisches
Aber zufriedenes Leben

Die Farbe Gelb jedoch
Hat er bis heute
Nie gesehen

# Filter

Als läge ein Filter über der Welt
Die Konturen weich, Farbton gesättigt
Draußen ist es laut, mein Kopf
Steckt in Luftpolsterfolie

Entschlossen steht eine Eiche
Inmitten der Ödnis der Betonbauten
Als Ahnung von Grün, als Bruch
Gewohnter Topographie

Was ich sehe:
Bergsteiger ohne Seile
Quadratische Wüsten in Miniatur
Goldgräber und Cowboys, die auf Pferden reiten

Als läge ein Filter über der Welt
Sprache gedämpft, Geräusche verschluckt
Draußen ist es laut, mein Kopf
Ist ein Tiefseetaucher

Derweil triumphiert der Gipfelstürmer
Ein Turm ward in der Wüste gebaut
Die Pferde grasen und alles
Wimmelt vor Gold

# Jemals jemand

Ich möchte lauschen
Den Worten, die niemand sagt
Den Sprachen, die ich nicht verstehe
Den Menschen, die mir so fremd scheinen

Ich möchte bleiben
In der Heimat, die nie eine war
An diesem Ort, der mich ausspuckt
Und an seinem Spuckefaden baumeln lässt

Ich möchte fragen
Ohne Erwartung und Antwort
Ich möchte warten
Auf dich, auf Godot, auf den Bus

Einfach warten
Zu einer seltsamen Zeit
Auf jemanden, der nicht kommen wird

Dasein und Schweigen
An diesem grässlich-schönen Ort
Falls jemals jemand käme
Ich wäre schon dort

# Abspann

Sie hofften auf ein offenes Ende
Was am Ende blieb
War ein Punkt

.

# Der Fortbestand einer Liebe zu Ehren der Waschmaschine

I

Da war der Versuch, etwas zu greifen, das ihm längst aus den Händen geglitten war. Die schrumpeligen Finger nach dem Baden – es heißt, die Haut würde sich bei langem Kontakt mit Wasser wellen, damit man besser greifen könne. Ein biologischer Mechanismus. Veränderung von Oberflächenstruktur. Wie wäre es, wenn sich Herzhäute wellen würden? Ein Schrumpeln des Epikards in Momenten des Zauderns. Damit man mal Halt hätte, wenn man zweifelt.

Da war der Versuch, ihr zu sagen, dass es Zeit sei, Abschied zu nehmen, ein kurz aufblitzender Gedanke und die Frage, wer die Möbel und Elektrogeräte würde behalten dürfen. Das muss man sich mal vorstellen, dass einem so etwas in diesem Moment durch den Kopf schießt. Er hätte sie womöglich aufgeben müssen, die Waschmaschine. Das waren ganz schön viele Stufen. Das hätte man alleine gar nicht tragen können. Man hätte ein Unternehmen beauftragen müssen. Und die Schränke? Wer weiß, ob das gehalten hätte? Das hat der Vater doch immer gesagt, dass das früher kein Problem gewesen sei. Da sei das Holz noch besser gewesen. Eiche Rustikal. Habe seinen Preis gehabt, aber da soll es Wohnwände gegeben haben, die fast zwanzig Umzüge überlebt hätten. Sofern man denn zwanzig Mal umgezogen wäre. Wäre man fernsüchtig gewesen. Und die Waschmaschinen! Deutsche Wertarbeit. Auf Miele hat er geschworen. Einmal gekauft, da habe man jahrelang Ruhe gehabt. Das sind doch Gedanken, da fängt man an, an seinem Verstand zu zweifeln. Man sollte Befragungen durchführen. »Entschuldigen Sie, haben Sie schon mal für sperrige Möbel an einer Beziehung festgehalten? Wenn ich das mal wissen dürfte. Haben Sie aufgrund Ihrer Trägheit dem Entwurf eines gemeinsamen Lebens Aufschub gewährt? Gibt es das? Den Fortbestand einer Liebe zu Ehren der Waschmaschine? Sagen Sie doch mal.«

Da war der Versuch, den Dingen einen Namen zu geben. Die Enzyklopädie der großen Gefühle. Phrasen und Sätze, die man sich wie Hemden anzieht, in ihnen herumläuft, bis sie knittrig und muffig sind. Leerstellen zwischen den Monologen, in denen sich die Blicke auf willkürliche Gegenstände im Raum fokussieren. Ein Riss in der Tapete. 14.35 Uhr. Da sind noch Teller zu spülen. Und Bernhard könnte man auch mal wieder lesen.

Da war eine Leere im Kopf. Eine alles überschattende Müdigkeit. Betonschwere Lider und ein Zucken im Auge. Wie das Flackern eines Schmalspurfilms. Da war ein fortwährendes Zögern. Da waren eine Waschmaschine und die Möglichkeit eines anderen Lebens. Da war ein Da-muss-ich-noch-eine-Nacht-drüber-Schlafen, aus dem wurde ein Da-muss-ich-noch-ein-Leben-drüber-Schlafen.

## II

Es gibt keine Gegenwart.

## III

Da wird ein Haus sein, am Rande der Stadt. Da werden die mattweißen Klinkerfassaden mit dem Sandstrahler gereinigt. Samstag in der Früh. Da werden die Kinder und deren Kinder dann und wann über das lange Wochenende mit dem großen Auto anreisen. Die Kinder werden in der Küche sitzen und von der Arbeit erzählen. Man wird über den Sportverein und über Politik sprechen, über die Bekannten, das Wetter und womöglich über die neue Dunstabzugshaube. Da werden die Enkel im Garten spielen und noch nichts ahnen von wellenden Herzhäuten. Sie werden abends ein Bad nehmen und sich über die schrumpeligen Finger freuen.

## IV

Da wird ein Schulaufsatz sein. Von einem Mann, der auf seiner Waschmaschine in die weite Welt geritten war, weil er von unbegrenzten Möglichkeiten gelesen hatte. Und der dann nach wenigen Tagen wiederkam. Einfach so. Weil er das Gefühl hatte, dass er zuhause gebraucht wird. Nun steht die Waschmaschine in der Küche. Und auch im stattlichen Alter setzt er sich hin und wieder klammheimlich auf das alte Gerät, und wartet auf den abschließenden Schleudergang. Am Abend wird er den Enkeln Geschichten vorlesen. Von Männern, die auf Pferden ritten und fortzogen.

# Mutmaßliche Aussichten von Einsamkeit

## I

»Da sind noch Berge zu besteigen, hörst du? Es ist ja nicht so, als ob da nichts mehr käme, jenseits des Qomolangma.« Großer Bruder hast du ihn genannt, weil er über die Zwerge wacht. Lhotse ist der viertgrößte Zwerg der Welt. 8516 Meter ist er gewachsen, aber er ist ein Zwerg, weil es Qomolangma gibt. Im Schatten des großen Bruders erscheinen seinesgleichen wie Zwerge. Qomolangma weiß das und wirft sein wachsames Gipfelauge auf die Seinen. Siehst du die weißen Schultern des viertgrößten Zwerges? Da muss es schön sein, da muss ein Ort sein, wo wir bleiben können. Qomolangma ist voller Stolz, obwohl die Käfer in Horden auf seinen schneeweißen Kopf klettern. Wenn die Käfer kommen, langsam von der Schulter seinen Hals entlang krabben, dann kitzelt es ihn und er schüttelt sich. Dann öffnet er sein Haar und die Tiere fallen herab. Auf den viertgrößten Zwerg klettern weniger Käfer, weil er nur der viertgrößte Zwerg ist. Die Geschichte von der Besteigung des Viertgrößten, die wollen die Käfer nicht hören, wenn es Geschichten von Qomolangma gibt. »Da sind Lhotes Schultern. Da sind wir, die Käfer, und da ist Luft, so klar, dass ich mich auf deinen Atem legen kann. Da sind noch Berge zu besteigen, hörst du?«

## II

An der Wand ein Gemälde, unten im Erdgeschoss. Das sah ich des Nachts, da brannte ein Licht in der Wohnung. Da war ein Boot. Ein leuchtendes Rot, so hell, wie ich es zuvor nie gesehen habe. Da war eine Insel, sattgrün ihre Bäume, eine Stadt, die da ward auf dem Hügel gebaut, die Häuser aus Lehm und die Dächer aus Ziegelstein. Wachsam war die Stadt, hell der Sand, auf dem sie sich bettete. Da war ein Mann auf dem Boot, ein Greis mit langem Bart und wallendem Haar. Sein Gewand schwarz und die Schultern unbedeckt. Da sah es sicher aus auf dem Boot. Da wollte ich die Augen schließen und mich schlafen legen. Eins wollt' ich sein mit dem Meer, das da schlummerte, das blasstrüb schimmerte in Allentönenvonblaudieserwelt.

## III

Früher haben wir uns immer im Wald versteckt. Hinter dem Elternhaus. Erinnerst du dich? Da haben wir gesponnen und gesagt, dass wir irgendwann wieder hierherkämen. Irgendwann, wenn wir die Zeit dafür finden. Manchmal war da ein Säuseln im Wind. Da sind Bilder von zitternden Tannen und Kastaniengewittern. Da war unser Platz bei den zwei Birken. Sie beugten ihr Haupt, so als wollten sie dem Boden etwas zuflüstern. Hach, hier wollten wir verharren. Einen Hochsitz bauen und ein Lager errichten. Unsere eigene kleine Stadt. Birchville. Die Dialektik des Waldes, die Vorstellung einer Welteinsamkeit in der Obhut der Bäume und Wölfe. Du hast mir eine Geschichte erzählt von einem Mann, der da einst fortging und in die Wälder zog. Ein Aussätziger, nie wieder ward er gesehen. Er lernte die Sprache der Eulen und Rehe. Und die tausend Arten des Windes waren ein Orchester für ihn.

# IV

Lass uns Schnee werden. Da ist das Land der Kalaallit, hier auf der Karte, eine endlose Weite, die kein Echo gewährt. Ein Zipfel an der Küste umarmt vom Polarmeer. Da ist Nanuq, der tappt über uns, behutsam und leise. Da sind Wölfe und Hermeline, die so lautlos schleichen, Eistaucher und Falken, die mit den Flügeln schlagen und den Winden trotzen. Schau, hier in dem Atlas. Da sollten wir hin, morgen schon. Da wird nichts sein außer unendlicher Weite. Wir zerschneiden die Luft. Unser Atem ist aus Kristall. Lass uns Schnee werden.

*Manchmal*
*Zwischen zwei Handgriffen*
*Blickt sie in Gesichter*
*Wie in fremde Welten*

*(Pommesfrau, Ilse Kibgis)*

# Hyazinthen und Zinnsoldaten

Reste
Einer Hyazinthe
In so etwas wie trockener Erde

Diesmal
Ist es wohl eher
Eine Form
Des Abschieds

[Der Zinnsoldat bleibt unerwähnt]

# Salz und Rauch

Cabernet, trocken
Langsam perlt vom Kelch des Glases
Ein Substantiv und plumpst ganz tief
Hinein ins Purpurfarbene

Du schenkst mir ein und schwenkst den Wein
Schaust ins Glas, schaust zur Decke
Und unsere Augen sind
Müde geworden

Siehst du den Stuck, die Ornamente
Wunderschön, findest du nicht?

Ein Lidschlag
Und Salz tropft ins Gefäß
Eine menschliche Träne wiegt ca. 15 Milligramm
Dein Lippenstift am Schliff verschmiert
Und Blicke wandern wieder fort

Schließe die Augen, inhaliere
Das Bouquet, doch schon spät, du schaust tief ins Glas
Als ich das obsolete
                    Substantiv vergesse

# 8 mm

Blick aus dem Fenster, in der Nacht
Wurden aus Regenfäden
Schimmernde Schneeflockenkringel
Leise flüsternd, fliegend, flackernd

Kratzer im Schmalspurfilm, in der Tonspur
Tapsen kleine Füße, fast vergraben
Vom Tiefschneepulver, Füße, die schreiten wollen
Doch die Schneespuren nicht ausfüllen können

Die fallenden, flüsternden Flocken
Zuckende Bewegung und Hände
Die greifen wollen, die reichen wollen
Handschuhe, die unbeweglich sind

Das Flüstern des Super-8-Films, der flackert
Wie die aufblitzenden Augen des Kindes
Kratzer im Bild, die nur Schneewehen sind
Frostfigurengebilde im See, Risse im Eis

Entschärfende, entwaffnende Leichtigkeit
Augenflackern und Lichterflimmern
Flügel, die fliegen wollen, Schneewehen
Kalte Ohren, die horchen wollen

Das Verschwinden der Fußstapfen und Eis-
Engel im Schneeflockenflackern
Das Verschwinden von Kindheit
Risse im Frost und dem 8-mm-Filmband

Und deine müden Augen, die aufblitzen
Bei der Erinnerung an Kindheit, an zu kleine Hände
An Schneeflockenflackern, und draußen
Tapsen kleine Füße in baldigen Tonspuren

# Feldweg

Ein sanftes, widerstandsloses Gleiten
Stumpfe Messer, rotierend in beruhigender Langsamkeit
Weicher Schnitt in blaugraue Luft
Geräuschlos, jedwedem
Takte entfliehend

Die Kornfelder schweigen

Und dort der schmale Feldweg
Eine Linie, die sich im Dunkel verliert
Dichte Gezweige, schwingende Äste im Wind
Der junge Traumreiter auf dem Wipfel
Zwei Schritte zum Mond aus Glas

Die Rotoren rauschen vorbei
Erschaffen den Luftstrom, kitzelnd an Ohrmuscheln
Das Windrad, stolz und aufrecht
Haucht mit kratziger Stimme, säuselt ein Lied
Ohne Noten, so leise, dass niemand es hören kann

Außer ihm, dem Baumkronentänzer
Der die Stille blaugrauer Luft
Noch zu hören vermag

# Staub

An den alten Wänden haftet
Im sonnenglitzernden Licht
Strahlend, eine plattgedrückte Motte
Ein Pianist spielt
          auf ihrem Flügel

Der Putz bröckelt
Bei härterem Anschlag der Tasten
Und der Kaffeefilter ist voller Tapetenstaub

Es scheint mir dies nicht bedeutsam

# Septemberabend

Ich liege nur dort
Horizontale Lage, Kopf im Gras
Die Arme weit von mir gestreckt
Blick gen Himmel, gräulich-schwarz
Septemberabend, dem Rauschen lauschend

Strommasten, sie summen ihr Lied
Vertikale Lage, den Kopf in die Höhe ragend
Ihre Arme weit von sich gestreckt
Hunderte ihresgleichen, fest verankert im Gras
Und ich liege nur dort

Ohne Worte, Taubenschwärme
Sie fliegen vorbei, ihre Flügel gespreizt
Vereinzelt landen sie auf den Hochspannungsleitungen
Sie ahnen ja nicht

Der Mond nicht sichtbar, versteckt hinter den Wäldern
Dieses Lied, so monoton und unbekümmert
Mondnacht
            Strommast
                    Ohnmacht

Und ich liege nur dort
Die Arme weit von mir gestreckt
Blick gen Himmel, gräulich-schwarz

# Obscura

Bilder einer realen Unwirklichkeit
Eine Galerie, der Boden –
Weißer, glänzender Marmor
Ein weitläufiger, verzerrter Raum, weiches Licht

Wir folgen den Abbildern
Langsamen Schrittes, streifen durch die Räume
Vorbei an Installationen, grotesken Klängen
Sequenzen eines Geigenspiels

Auf die Leinwand projiziert in 8 mm
Begleitet vom Rauschen des Tonbandes
Schwarze Flecken, flackernde Linien
Eine Komposition von Bildfragmenten
Und dort betrachten wir:

Weißen, glänzenden Marmor
Einen weiterläufigen, verzerrten Raum, weiches Licht

Dort hängt nur ein einziges Bild
Ein Gemälde scheinbar, behutsam
Treten wir näher, sehen im Rahmen
Ganz blass und trüb unser Spiegelbild

[Titellos]
Kunst sind wir selbst
Jedes Bild bloß ein Spiegel
Unserer Vorstellung von Wirklichkeit

# Obscura II

Noch immer begleitet
Vom Rauschen des Tonbandes
Betrachten wir unsere Spiegelbilder

Dort sitzt sie, einsam auf einem Stuhl
In ihren Händen ein stumpfer Kupfernagel

Plötzlich steht sie auf, legt ihre Kleider ab
Legt sich vollkommen nackt auf den kalten Marmor
Und schmiegt ihren Körper entlang der kahlen Wände

Sie wendet sich zu uns, kriecht auf wunden Knien
Die Augen verschlossen, blind, entblößt
Liegt sie zu unseren Füßen
Wimmernd, zitternd
Auf die Worte
Wartend

Sie steht auf, schmiegt ihren Körper
Entlang der gekörnten Faser
In einen hellen Winkel
Der Galerie und ...

Presst den stumpfen Kupfernagel
Durch ihre Herzkammer
In die Leinwand

Endet als Monument
Über zeitgenössischem Untertitel
[ _____.]

Frost, Human Performance

# 3'15

Zwischen ihren Schritten ein Zögern
0,91 Sekunden vielleicht
Zwischen jedem Zug an der Zigarette
Ein behutsamer Blick
Zwischen ihren Sätzen Leerstellen
Die mag er, hat er gesagt

Zwischen den Lidern eine Art Bangen
Auf die Möglichkeit einer Dramaturgie
Zwischen Nacht und Morgen
Nur ein flüchtiger Moment
Zwischen seinen Brauen eine kleine Brücke
Die mag sie, hat sie gesagt

Zwischen ihren eine Welt


Oder ein Song von 3'15 Minuten
Vielleicht aber auch nur
Ein Gefühl von Tu-mir-Nichts

Auf den Kacheln ein Schriftzug
I was here, but where were you?

Zwischen ihnen ein _____
Die Welt, wahrlich
War es nicht

# Crown Cap Lullaby

Nun steht es leer, das Haus
Auf dem Fensterbrett im zweiten Stock
Steht noch immer das Radio, summt
Ganz leise ein Lied

Im Hinterhof Regenwasser auf dem Trampolin
Schwimmende Kohle unter dem Rost
Eines Schwenkgrills

Im nassen Gras der Blechkorken einer Bierflasche
Im Gedenken vergangener Sommer neben
Einer blauen Wäscheklammer

Noch im späten Oktober saßen sie dort
Auf den zwei Klappgartenstühlen
Tranken und zelebrierten
Die Nächte, und immer
War jemand dort
Fegte das Laub
           und schob die Mülltonnen an den
           Straßenrand

# Am Kottbuser Tor

Manchmal
Entfloh ein Wort
Ihren Mündern

Zwischen einem Schluck aus dem Weinglas
Und einem flüchtigen Blick auf die
Bürgersteigmenschen

Spuren von Lippenstift
Und Verlegenheit am Aschenbecher, manchmal
Raucht man, statt zu sagen
Wir gehören nicht hierher, nicht jetzt

Und eigentlich war alles gesagt
Über die Nacht und den Regen
Auf ihrem Handgelenk der verwaschene Stempeldruck
Eines Clubs am Kottbuser Tor, eigentlich
War alles gesagt

Und sie rauchten und tranken
Zertrümmerten die Nacht
Statt zu sagen
Wir gehören uns nicht

# Mattschwarz

Ein Hecheln und Knattern
Der alten Maschine, tot-
Geschwiegene Nächte und
Unsere Blicke sind träge

Dort, würfelzuckergleich
Im Mattschwarz, sickernde Sprache
Das Schaben des Löffels
Und unsere Blicke sind träge

Die Nacht, der Morgen, der Tisch
Die stets gleichen Platzhalter
Zwischen den Sätzen

Langsames Rühren
Zwischen deinen Brauen ein Punkt
Über deinen Augen ein Lied
Oder zwei

Vielleicht wird es immer so bleiben
Vielleicht ist das schön
Oder nicht, oder
Beides

Bitte Wort einfügen
Für das Gefühl, das bleibt

―――――――――――――――――

Oder zwei

# Wir werden niemals auseinandergehen

Da sitzen die beiden am Tresen
Und rauchen und trinken, erzählen sich Geschichten
Von damals, von morgen, vom Hier und vom Jetzt

Im Hintergrund die blinkenden Lichter
Eines Spielautomaten
Ein abwartender, zögernder Zug
Am Filter, bordeauxrot
Der Abdruck ihrer Lippen

Über den Rand eines Kristallglases
Streichen feuchte Fingerkuppen
Ein leiser, klirrender Ton

Hinter den Rauchschwaden, kaum sichtbar
Das Flackern der Deckenlampe
Eine Motte flattert, zuckt, fällt
Herab auf die Kacheln
Als Randnotiz

Da sitzen die beiden am Tresen
Und rauchen und trinken, erzählen sich Geschichten
Von damals, von morgen, vom Hier und vom Jetzt

Und als ihre Lippen sich treffen
Ist da Weißweinatem, kalter Rauch
Und ein ganz kurzes Zögern

Im Hintergrund noch immer der Spielautomat
Unerwähnt, wie der Wirt, die Nacht
Und die alten Schlagermelodien im Radio
*Wir werden niemals auseinandergehen*

# Irgendwo dazwischen

Zyklischer Fortgang der Jahreszeiten
Ausgedrückte Zigarettenstummel, Kronkorken
Und Grillkohle in einer Aluminiumschale, weiße Asche
Einstige Glut, am Rand Reste von Schwarz
Das Gras ist noch nass

Ein Taumeln zwischen Euphorie und Weißweinmelancholie
Tanzende Finger auf dem Griffbrett, dazu langsame
Schläge im Takt tapsender Zehenspitzen, Atem
Chlor und Pommes, Kopfsprung, Tiefe

Dann aufgestaute Hitze im Kleinwagen
Glühende Gurte, nackte Rücken, am Leder klebend
Motor an, Fenster auf, ein Dosenbier
Von der Tankstellenfrau, Benzin, Fahrtwind und im
Radio die immer gleichen Sommerhits

Vielleicht gut
Vielleicht perfekt
Oder irgendwo dazwischen

# Netzhautflimmern

H
O
C
H
Sommerhitze
Salz auf der Stirn, Staubpartikel in den Augen
Unter uns der glühende Schotter eines Feldwegs
Über uns der flirrende Himmel
Wolkenlos, blassblau

Netzhautflimmern bei geschlossenen Lidern
Tanzende Punkte, tausende Gleitschirmflieger
Rotierende Speichen, ein im Fahrtwind flatterndes Hemd
Wie der Flügelschlag
Eines Schmetter-
                    links oder rechts
  Oder doch geradeaus

Irgendwo muss ein Ort sein
Wo man bleibt und sich setzt
Vielleicht fällt man wie im Film
In das Gras, in den Sand, in den See

Hinter uns die Silhouetten der Stadt
Und vor uns, kilometerweit entfernt
Hochspannungsmasten und Windräder

Dazwischen Felder, ein einziges Nichts
Auf der Flucht sind wir
Obwohl uns eigentlich
Niemand sucht

Irgendwo muss ein Ort sein
     wo man fehlt
     wo man fällt

Und dann taucht man
Wie im Film
Richtig T
    I
    E
    F in den See

# Über den Autor

Patrick Salmen (*1985) ist ein Wuppertaler Autor und Lese-Kabarettist. 2010 wurde er deutschsprachiger Meister im Poetry Slam und konnte im Folgejahr den Vize-Titel erlangen.

Sein Buch-Debut erfolgte 2011 mit der Kurzgeschichtensammlung *Distanzen*. Es folgten die Werke *Tabakblätter und Fallschirmspringer* und *Das bisschen Schönheit werden wir nicht mehr los*. Seine humoristischen Kurzgeschichten erschienen unter den Titeln *Ich habe eine Axt* und *Genauer betrachtet sind Menschen auch nur Leute* bei Droemer Knaur.

Gemeinsam mit Quichotte ist er für die legendären Rätselbücher *Du kannst alles schaffen, wovon du träumst. Es sei denn, es ist zu schwierig* und *Aufgeben ist keine Lösung. Außer bei Paketen* verantwortlich. Ebenfalls mit Quichotte gründetet er einst die *Delayed Night Show* und das Rap-Duo *Der Schreiner & Der Dachdecker*. 2017 erschien die Lyrik-Sammlung *Zwei weitere Winter*.

Derzeit arbeitet Salmen an seinem Debutroman und dem nächsten Bühnenprogramm. Bald erscheinen zudem sein erster Roman und das Kinderbuch *Der gelbe Kranich*. Ab 2018 ist der in Dortmund lebende Autor mit seinem neuen Bühnenprogramm *Treffen sich zwei Träume. Beide platzen* auf Live-Tournee.

Bei Lektora erschienen

Patrick Salmen

# Distanzen

„Distanzen" entführt Sie in poetische Bilderwelten: Moment-
aufnahmen voller Gerüche, Farben, Klänge und Atmosphäre.
In diesem Buch treffen Sie weder auf die großen Helden der
Geschichte noch auf die Geschichten großer Helden, vielmehr
versucht der Autor den Leser einzelne Stimmungsebenen
nachempfinden zu lassen und ihn als Protagonist in seine
Geschichten einzubinden. Hier stoßen Sie auf die Faszination des Strommastensurrens, auf alte Damen, die mit
ihren Regenhauben als Heißluftballons in den Himmel auf-
steigen, auf leisen Zweifel und Lautmaler, auf den Zauber
des Geschichtenerzählens, auf Zwischenrealitäten und Zug-
vogelforscher. Salmen entführt den Leser an Telefonzellen,
Bushaltestellen, Flughäfen oder Feldwege und lässt ihn die
seltsam schöne Faszination spüren, die diesen Orten anhaftet.

In prosaischer und lyrischer Form
erzählt Patrick Salmen die
Geschichten der kleinen Helden.

ISBN 978-3-938470-60-7
12,00 Euro

www.lektora-verlag.de/shop

Bei Lektora erschienen

Patrick Salmen

# Tabakblätter und Fallschirmspringer

„Das Leben ist wie ein beschriebenes Blatt Papier", sagtest du mal. „Mit jeder Zeile, die du füllst, verblassen die Worte aus deiner Vergangenheit. Aber es gibt diese ganz wenigen bestimmten Momente, an die man sich einfach in gewissen Situationen immer erinnern kann."

Wenn dieses Lied läuft, zum Beispiel. Wenn du den Duft von Tabak und Leder einatmest. Wenn du mit deinem Finger über den Rand eines Geldstücks streichst und wegen der rauen Textur an die rostroten Gitarrensaiten denkst, die du als Kind immer mit dem Fingernagel berührt hast. Wenn du diesen Traum hast, diesen immer wiederkehrenden Traum.

ISBN 978-3-938470-80-0

€ 12,00

www.lektora.de/shop

Bei Lektora erschienen

Patrick Salmen

# Das bisschen Schönheit
# werden wir nicht mehr los

In „Das bisschen Schönheit werden wir nicht mehr los" blickt Patrick Salmen durch die Spalten von Tüllgardinen und sieht einsame Menschen vor Kaffeetassen, belauscht in Routine erstickte Frühstückskonversationen und erzählt von entzauberten Momenten der Zweisamkeit. Seine Helden klettern auf Kräne und auf Hochsitze, sind Kleingartenkartenspieler und Baustellenbesetzer, Kunstliebhaber und Vaterfiguren, und immer wieder sind es die verlorenen Seelen der Gesellschaft, die er eindringlich mal in lyrischer, mal in prosaischer Form beschreibt. Patrick Salmen erzählt Geschichten, die ihre ganz eigene intensive Stimmung erzeugen und beim Leser mehr als einmal in der Erinnerung nachklingen.

Nach seinem erfolgreichen Debüt „Distanzen" und dem Nachfolger „Tabakblätter & Fallschirmspringer" ist „Das bisschen Schönheit werden wir nicht mehr los" Patrick Salmens dritte Buch-Veröffentlichung.

ISBN 978-3-95461-009-9
12,00 Euro

www.lektora-verlag.de/shop